AF206091

Zur Autorin dieses Buches

Eva Janssen wuchs im Kölner Friesenviertel auf. Nach ihrer Ausbildung in der Grafikabteilung des DuMont Buchverlages studierte sie Germanistik und Slawistik in Köln und am Gorki-Institut in Moskau. Im Anschluss war sie als freie Übersetzerin, Referentin und Kritikerin tätig. Heute arbeitet die Autorin als Lehrerin in der Erwachsenenbildung.

Sie ist verheiratet und hat zwei Kinder.

Für Till

Bibliografische Information der Deutschen Nationalbibliothek:

Die Deutsche Nationalbibliothek verzeichnet diese Publikation in der Deutschen Nationalbibliografie; detaillierte bibliografische Daten sind im Internet über http://dnb.dnb.de abrufbar.

Umschlaggestaltung: Bernhard Menzel

Herstellung und Verlag: BoD – Books on Demand, Norderstedt

ISBN: 978-3-7460-7562-4

Vom Du

I.

Dus Mama

Als der Du ein Jahr alt war, hatte seine minder-jährige Mutter gerade gelernt, wie man eine Dose öffnet. Nicht so eine einfache Konservendose mit Lasche, an der man lediglich ziehen muss, um die Dose zu öffnen. Nein, sie verwendete zum ersten Mal in ihrem Leben einen richtigen Büchsenöffner, den ihre Oma ihr schon vor langer Zeit überlassen hatte und der in ihrem Besteckkasten auf diesen entscheidenden Moment gewartet zu haben schien. Denn er ließ sich leicht und einfach handhaben, verrutschte nicht in der unbeholfenen Hand der 17- Jährigen und war auch sonst sehr entgegenkommend. Der Du saß derweil auf seinem erhöhten, schäbigen Plastik-Kinderstühlchen wie auf einer Zuschau-ertribüne, ein buntes, verschmiertes Lätzchen vor der Brust, schaute seiner Mama bei ihrem Tun aufmerksam zu und brabbelte dabei

Unverständliches, offenbar aber Bestätigendes, zumindest aber Interessiertes, was den Dosenöffner betraf.

Was aber hatte die junge Mutter dazu bewogen, sich auf derartige Art und Weise und so plötzlich für diese neue, ungewohnte Selbstständigkeit zu entscheiden? Es ist wahr, dass die staatliche Zuwendung, die ihr durch das Jobcenter monatlich zur Verfügung stand, für das Essen in den diversen Fastfood-Ketten nicht mehr reichte, jetzt, wo der Du auch feste Mahlzeiten zu sich nahm und dabei einen gesunden Appetit entwickelte. Die daraus resultierende Geldnot war sicher mit ein Grund dafür, dass Jessica zu dem Büchsenöffner gegriffen hatte, um zum ersten Mal selbst etwas zu kochen, für sich und ihr Kind. Wahr ist aber auch, dass Jessica eine gute Mutter sein wollte und die nette Frau vom Amt, die sie regelmäßig besuchte und kontrollierte, ob auch alles in Ordnung war, ihr mehrfach versichert hatte, dass es gesünder für ihren kleinen

Jungen sei, wenn seine Mama eigenhändig etwas für ihn koche.

Und so kam es, dass der Du seine ersten Erbsen aß. Die runden, grünen Dinger kullerten lustig in seinem Mund, auf dem Lätzchen und auf dem Küchenfußboden herum, denn es war schwer, jeweils eine ganze Ladung Erbsen im Mund zu behalten. Seine Mama pustete immer zuerst auf den kleinen Löffel, bevor sie ihn in Dus Mund schob. Der Du baumelte ungeduldig mit seinen dicken Beinchen, ruderte mit den Ärmchen, quietschte und wartete ungeduldig auf den nächsten Löffel, während seine Mama ange-strengt, konzentriert die Zungenspitze auf ihren Lippen hin- und her bewegend, den Löffel zu seinem Mund balancierte. Einige Ladungen stieß der Du, als er gierig nach ihnen griff, weil es ihm zu langsam ging, auf den Boden.

Alles in allem verlief die erste selbst gekochte Mahlzeit für den Du und seine Mama erfolg-reich - bis auf die bedauerliche Tatsache, dass der kleine Du, sich windend vor Bauchschmer-zen und lautstark pupsend, die ganze Nacht schrie, während seine unglückliche Mama ihn in ihren Armen hin- und hertrug.

So lernte der Du allmählich die ganze prächtige und bunte Innenwelt der Konservendosen ken-nen. Es gab abwechselnd Königsberger Klopse, geschälte Tomaten, Pichelsteiner, Grünkohl, den der Du ausspuckte, und Kartoffelsuppe. Am liebsten aß der Du aber Eierravioli. Ihr Ge-schmack regte ihn so an und auf, dass er sogar eigenhändig mit seinen dicken Fingerchen nach dem Löffel grapschte und seine ersten selbst-ständigen Essversuche in Angriff nahm. Und auch wenn die nette Frau vom Jugendamt Jessy immer wieder darauf aufmerksam machte, wie wichtig Obst und Gemüse für den Kleinen seien, so kaufte Jessy doch immer häufiger Eierravioli, weil sie sah, dass sie dem Du schmeckten, und sie war der festen Überzeugung, dass, was schmeckt, auch gesund sei.

Den Du hatte Jessy geboren, als sie 16 Jahre alt war. Geschwängert hatte sie der Bekannte einer Freundin in der Ecke einer Kneipe hinter dem Billardtisch. Jessy, die zuvor nie getrunken hatte, erinnerte sich noch ungenau an Worte wie „du bist süß" und „stell dich nicht so an!", Worte, die ihr bisher nur die Oma ab und zu gesagt hatte, als sie noch klein war. Ihrer Mama war die Jessy mit vier Jahren weggenommen worden, weil die Mama so viel trank und dann wütend wurde oder einschlief, während das Essen auf dem Herd überkochte. Die Oma hatte die Jessy dann aus dem Heim geholt, als sie sechs Jahre alt war. Seither hatte sie bei der Oma gewohnt, bis sie schwanger wurde. Da hatte die Oma mit ihr geschimpft und Jessy bekam eine Betreuung vom Jugendamt. Die Jessy hatte zuerst nicht verstanden, dass sie schwanger war. Und einen Zusammenhang zu dem Bekannten ihrer Freundin hatte sie schon gar nicht gesehen. Den hatte sie nur ausgehalten wie die anderen Kinder und

Jugendlichen im Heim, die die Jessy immer geschubst oder in die Mülltonne gesteckt hatten. Denn die Jessy konnte viel aushalten. Auch, dass die Oma jetzt nicht mehr mit ihr sprach.

Nur als man ihr den Du wegnehmen wollte, konnte die Jessy das nicht aushalten. Da wurde sie stur und schrie und weinte und tobte. Und die nette Frau vom Jugendamt hatte ihr tatsächlich geholfen. Jetzt bekam Jessy regelmäßig Besuch von einer Familienhelferin und das hatte ja auch etwas Gutes. Immerhin war sie dann nicht ganz allein mit dem Du. Ihre Freundinnen sah sie nur noch selten, im Einkaufszentrum, auf der Straße bei ihren Spaziergängen mit dem Du. Aber in der Stadtbücherei sah sie niemanden, den sie kannte. Die Stadtbücherei hatte ihr die nette Frau vom Jugendamt gezeigt und ihr geholfen, sich dort anzumelden. Dort gab es Pappbilderbücher für den Du und Modezeitungen mit Farbfotos von berühmten Leuten für Jessy.

Alles in allem verlief Jessys Leben regelmäßig und ruhig. Sie vermisste nichts und niemanden. Wenn der Du im Bett war und schlief, guckte sie DSDS oder Germany´s Next Topmodel, aß dabei die Reste vom Abendessen und fühlte sich erwachsen.

II.

Wie der Du zu seinem Namen kam

Bei der Geburt im Krankenhaus waren alle lieb zu Jessica gewesen. Zwar kam die Oma nicht zu Besuch, aber dafür war da ein Arzt, der sich um das Kind und die junge Mutter kümmerte. Noch nie war jemand so lieb zu Jessy gewesen. Er fragte, wie der Junge denn heißen solle, und untersuchte Jessica regelmäßig. Jetzt wo ihr dicker, schwerer, runder und rosiger Bauch in Gestalt eines dicken, schweren, runden und rosigen

Babys in ihren Armen lag, das fest und zielstrebig an ihrem Busen sog, sich mit einer lauten und kräftigen Stimme bemerkbar machte und so zu unterstreichen schien, dass es nicht etwa ein Hirngespinst, sondern handfeste Wirklichkeit war, fiel Jessica erst auf, dass dieses Lebewesen, ihr Kind, noch keinen Namen hatte. Wie er sie mit seinen blauen Augen erschnupperte, das rosige Gesichtchen dem ihren zugewandt, als sei sie eine Art Gott, den er anhimmelte, erinnerte er sie an ihren langjährigen Schwarm, einen Seriendarsteller namens Jeremy M., und so trug sie in das dafür vorgesehene Formular, das ihr eine der Ordensschwestern im Krankenhaus vorlegte, spontan den Namen „Jeremy" ein, mit dem Zusatz „Vater unbekannt". Jessica und Jeremy, so schwebte ihr vor, waren füreinander geschaffen, hielten zusammen, wie Pech und Schwefel und nie würde sie den kleinen Jeremy allein lassen, so wie es ihre Mutter mit ihr gemacht hatte. Sie wollte ihren kleinen Jeremy beschützen, wie es die Mutter in der Margarinereklame tat, die ihre Kinder herbeirief und ihnen in einem parkähnlichen Garten an einem sonnigen Vormittag köstliche, selbst zubereitete Brote reichte. Dazu spielte eine schöne Musik und die Kinder dankten es der Mutter mit fröhlichem Gelächter. Ja, so eine Mutter wollte Jessy sein. Sie würde nicht auf dem Küchenfußboden liegen, in Erbrochenem, eine halb leere Schnapsflasche in der Hand. Nach vier Tagen erhielt Jessica einen Babypass, ein Untersuchungsheft für Jeremy, die Adresse einer Hebamme und wurde entlassen.

Mit dem Bündel im Arm fuhr sie mit der Linie 3 in ihre kleine Wohnung, legte den Jungen in der Küche in den Wäschekorb und schlief erschöpft von der Bahnfahrt auf einem Küchenstuhl ein. Und da Jeremy auch müde war, tat er es seiner Mama gleich. Überhaupt schien es, als erfasse der kleine Jeremy seismographisch genau die seelischen Regungen und Erschütterungen seiner

Mama und wachse ihnen auf wundersame Weise entgegen.

So wuchs Jeremy im Einklang mit seiner Mama heran, überlebte und verzieh Erbseneintöpfe, Bohnen und sonstige blähende Speisen und entwickelte sich bis zu seinem zweiten Lebensjahr zu einem prächtigen, pausbäckigen, blondgelockten Jungen mit fleischigen Ärmchen und Beinchen, einer Putte nicht unähnlich.

Aber Jeremy sprach nicht. Er hörte seiner unaufhörlich plappernden Mama offenbar geduldig zu, beobachtete seine Umgebung auf das Genaueste, stand stumm mit Eimerchen, Schaufel und Förmchen am Rand des Sandkastens auf dem Spielplatz, staunte nicht unzufrieden das Gewimmel der anderen Kinder an und schwieg. Immer wieder drängte seine Mama ihn: „Du, geh doch mal mit´n andern Kindern spieln!", „Hey du, willste n´bisschen Tata gehen?", „Du, willste nich ´ne Burg baun?" Aber Jeremy blieb beharrlich, unbeweglich und stumm am Sandkastenrand stehen, bis seine Mama mit ihm den Heimweg antrat. Einzig beim Essen quietschte und brabbelte Jeremy nach wie vor vergnügt und begeistert, aber unverständlich.

Der Kinderarzt, zu dem die nette Frau vom Jugendamt Jessica mit ihrem Kind schickte, hielt den Jungen für körperlich normal entwickelt. Er beruhigte Jessica und meinte, ihr Kind sei vielleicht ein Spätentwickler. Das komme öfter vor.

An einem sonnigen Frühlingstag - die Sonne schien durch die schlierigen Fensterscheiben in Jessicas und Jeremys Küche direkt in das Gesicht der netten Frau vom Jugendamt, die blinzelnd am Küchentisch vor einem Stapel von Papieren saß - stellte sich Jeremy direkt vor den Besuch und plapperte empört: „dudasitze!", worauf die nette Frau vom Jugendamt verblüfft über die plötzliche Sprachgewalt des Jungen lachend erwiderte: „Ja, ich sitze hier, das stimmt, Jeremy! Du bist ein kluges Kerlchen!" und ihm über die Locken strich. Aber Jeremy fand diese Antwort nicht witzig und bestand lautstark darauf: „Nei!! derduuudasitze!" Und da endlich begriff der Besuch: Sie saß dort, wo sonst sein fester Platz war.

Von dieser Zeit an hieß Jeremy „der Du". Und dabei blieb es, solange er in der Obhut seiner Mama blieb.

III.

Dus Kopf ist voll

Es schien, als habe der Du die ganze Zeit seine Mitmenschen ausspioniert, um schließlich ganze Sätze auszuspucken. Anders als andere Klein-kinder, die zumeist mit Nomen wie „Mama", „Papa", „Ball" und dergleichen allmählich ihren Wortschatz und das grammatische Verständnis bis hin zum ganzen Satz aufbauen und erwei-tern, hatte der Du offenbar in seiner stummen Haltung alles, was um ihn herum geäußert worden war, aufgesogen, um es dann in einem Guss loszuwerden. So lauschte er mit Hingabe seiner Mama, wenn diese ihm aus den geliehenen Bilderbüchern vorlas. Jessica beherrschte die Kunst des Lesens nur mäßig. Viele Wörter buchstabierte sie noch langsam und zögernd, um sie dann, sobald sie deren Sinn erfasst hatte, laut zu wiederholen. Es folgte eine dritte Wiederholung, diesmal mit theatralischer Betonung. Denn Jessica wollte schön lesen. Der Du liebte es, bei seiner Mama auf dem Schoß zu kuscheln und ihrem Gestammel zu lauschen.

Indes zeigte sich bei Dus Verlautbarungen, dass auch die Zunge und die übrigen Mundwerkzeuge geübt sein wollen. Was Dus Kopf wollte, bekam seine ungeübte Zunge nicht hin. Er verholperte sich, halbe Worte blieben zur Hälfte im Gaumen stecken, um dann verspätet der anderen Hälfte hinterherzustolpern. Der Du stotterte.

Hatte dies mit der Lesekunst seiner Mama zu tun? Glaubte der Du, es seiner lesenden Mama gleichtun zu müssen, wie er ihr so oft empathisch entgegenkam in seinem ganzen Tun?

Betrachtet man den weiteren Werdegang des Du, dann ist wohl eher zu vermuten, dass der Kopf des Kleinen zu voll war mit Tönen, Wörtern und Lauten, von Betonungen, Silben und Klängen und dass auf dem Weg vom vor Gedanken wimmelnden Hirn über den Schlund, den Gaumen bis hin zu den Lippen die Übersetzung, sprich Schaltung im handwerklichen Sinn, einfach versagte. Nur wenn er empört war, wenn z.B. jemand wagte, sich auf seinen Stammplatz zu setzen, kamen Dus Gedanken ungebremst über seine vollen, roten Kinderlippen.

So kam es, dass die Umgebung mehr und mehr die unbeholfene Mutter zu beobachten begann. Das Verhalten des auffällig stotternden Kindes, das allzu schnell auf einen zurückgebliebenen Geist zurückgeführt wurde, fiel auf die junge Mutter zurück.

IV.

Wie der Du tanzte

Inzwischen war der Du drei Jahre alt geworden. Die nette Frau vom Jugendamt, die den Du in einen nahegelegenen Kindergarten vermittelt hatte, wurde abgelöst von einem freundlichen Kollegen vom Jugendamt, der nun für Jessica und ihr Kind zuständig war.

Dus Stottern gefiel den Erzieherinnen der Einrichtung nicht. Auch sonst war der Junge seltsam, saß am Rand auf einem kleinen Stühlchen, guckte den anderen beim Spielen zu, verhielt sich aber friedlich. Ein pummeliges, stilles Kind, das nur auf wiederholte Ansprache stotternd reagierte. Im Stuhlkreis schien er aufmerksam zu lauschen, sang bei den Liedern aber nicht mit. Stattdessen hopste er nach einer Weile von seinem Stühlchen, drehte sich im Kreis, stampfte dabei energisch mit den Pantoffelfüßchen auf und patschte seine dicken Fingerchen ungelenk im Rhythmus der Lieder gegeneinander. Der Du tanzte wie ein junger, tapsiger Tanzbär. Das hatte er bei seiner Mama gelernt, wenn sie mit ihm laut in der Küche ihre Lieblingssänger bei youtube hörte. Der Du tanzte unaufgefordert, spontan und losgelöst von jeglichen pädagogischen Ansätzen, Bildungsaufträgen und Betreuungsschwerpunkten, was den alltäglichen Ablauf der Einrichtung durcheinanderbrachte, ja, vielleicht sogar in Frage stellte. Zwar störte der Du die anderen Kinder in keiner Weise, im Gegenteil, sie schienen ihn so, wie er war, zu akzeptieren, sprachen ganz normal mit ihm und erwarteten offenbar keine Antworten. Sie wussten schnell, der Du antwortet nicht immer, wenn er aber antwortete, freundlich stotternd, schienen sie ihn besser zu verstehen als die Erwachsenen. Sein Tanz kam gut an, einige Kindere tanzten und hüpften inzwischen unaufgefordert mit, auch wenn es gerade nicht in das pädagogische Konzept passte. Aber insgesamt schien der Du das vorgesehene Programm zu ignorieren oder gar nicht wahrzunehmen. Er fiel sozusagen aus der Kindergartenkindrolle, tanzte, wenn gesungen wurde, baute, wenn gebastelt wurde, puzzelte, wenn gebaut wurde, schlief ein, wenn Freispiel im Außengelände vorgesehen war, und all das tat er nicht etwa trotzig, sondern stoisch und für sich.

Die Erzieherinnen waren sich nach einigen Monaten darin einig, dass das Verhalten des Jungen insgesamt auffällig zu nennen sei. Zusammen mit dem freundlichen Mann vom Jugendamt wurde deshalb die Mutter zu einem Gespräch einbestellt. Die Unterredung verlief erfolgreich. Jessica freute sich über die Hilfe, die ihr angeboten wurde. Sie sollte sich einer Testung unterziehen bei einem amtlichen Gutachter. Dafür brauchte sie ein Attest von ihrem Hausarzt. Jessica hatte keinen Hausarzt, wusste nicht einmal, was das war. Sie fühlte sich kerngesund. Aber der freundliche Mann vom Jugendamt gab ihr die Adresse eines Arztes, von dem sie direkt ein Attest für eine amtliche Testung ihrer Intelligenz erhielt. Das ging zügig. Jessica freute sich auf den Test und fühlte sich erwachsen. Sie würde den Test gut bestehen, denn für den Du würde sie alles machen. Schließlich hatte sie in der Förderschule auch immer zu den Besten gehört, wenn sie auch keinen Abschluss geschafft hatte wegen dem Du. Aber der Du war ja auch wichtiger. Und Jessica bestand den Test gut, wie sie fand. Sie hatte sogar 65 Punkte. Das hieß IQ. Sie wusste nicht genau, was IQ bedeutet. Aber sie fand schon, dass 65 eine große Zahl sei.

Einige Zeit später erhielt Jessica einen Brief vom Gericht, den sie nicht ganz verstand. Darin war von „Kindesentzug", „Einstweiliger Verfügung", „Gefährdung des Kindeswohls", „verzögerter geistiger Entwicklung der Mutter nach der ICD 10" die Rede. Der freundliche Mann vom Jugendamt erklärte ihr, dass es für den Du besser sei, wenn er in eine Pflegefamilie komme –

zu Pflegeeltern, die ihn unterstützen könnten in seiner Entwicklung. Jessica verstand die Welt nicht mehr. War sie denn keine gute Mama für den Du?

Stumm und apathisch packte sie Dus Schmuseteddy und ein paar andere Dinge ein, während ihr der freundliche Mann vom Jugendamt erklärte, dass es dem Du an nichts fehlen werde.

Und so kam der Du im Alter von vier Jahren in eine Pflegefamilie.

In Jessica ging etwas kaputt. Sie wirkte verstört und schämte sich furchtbar.

V.

Wie der Du das geschriebene Wort entdeckte

Die neue Mama vom Du hieß Ute. Der Papa hieß Dirk. Der Du wusste nicht, was ein Papa ist. Woher auch? Der Du verstand nicht, wo seine Mama war. Nicht die Utemama, sondern die richtige Mama, die so lecker roch. Die Mama, die mit ihm in der Küche tanzte. Die Mama, die ihm abends stockend und sich in den Buchstaben verhaspelnd vorlas. Die Mama, die sich an ihn kuschelte, wenn er nicht einschlafen konnte. Die Mama, die ihm „mein kleiner dicker DuDu" ins Ohr flüsterte und an seinem Ohrläppchen knabberte, bis er anfing zu gicksern. Die Mama, die mit den Dosen kämpfte und immer siegte.

Bei Ute und Dirk roch alles anders. Eierravioli gab es auch nicht mehr. Die rochen auch lecker. Der Du stotterte nicht mehr. Er weinte auch nicht. Er verstummte. Wie ein Baby machte er wieder in die Hose. Der Du verkroch sich im Kleinkindsein. Aber das brachte die Mama auch nicht wieder.

Der Dirk und die Ute waren lieb zum Du. Er hatte jetzt ein eigenes Zimmer mit vielen Spielsachen und der Dirk spielte anders als die

Mama. Der Dirk konnte laut brüllen wie ein gefährlicher Löwe. Er konnte kämpfen wie ein Ritter. Er konnte hohe Türme und Höhlen aus Decken bauen, in die er mit dem Du hineinkroch und sich versteckte. Aber er ließ den Du auch in Ruhe, wenn dieser sich stumm in einer Ecke selber hin- und herwiegte.

Die Ute kochte Gemüse. Das hatte viele Farben: rote Tomaten, grüne Zucchini, orange Paprika. Dem Du gefielen die knalligen Farben und er lernte ihre Namen: roooot, grüün, orongsch. Das Grün konnte hell und dunkel sein. Dunkel war die Schale der Zucchini, hell war der Lauch. Alle Farben lernte der Du zu unterscheiden, sogar Mauve, Lila, Pink und Rosa. Die Ute schenkte ihm Stifte in allen Farben. Mit dem roten Stift schrieb sie „ROT", mit dem blauen schrieb sie „BLAU", mit dem grünen „GRÜN", bis ein ganzes Blatt in Dus Malbuch bedeckt war mit Zeichen aus Farben. Und der Du schien zu lesen, ernst und laut, wie die Mama es mit den

Pappbilderbüchern immer gemacht hatte, las er von seinem Blatt ab: rooot, blAU, grüüün, immer wieder, einer Litanei nicht unähnlich, beschwor er die Zeichen, als könne er mit dieser, seine Mama nachahmenden Geste eine tiefe Wunde schließen. Und der Du stotterte nicht mehr. Er hatte das Lachen und Tanzen gegen das laute Aufsagen von Farbnamen eingetauscht. Nach einigen Wochen begann der Du, die Zeichen der Farben selbst auf ein Blatt zu malen: R O T. Dabei umklammerte er mit aller ihm zur Verfügung stehenden Kraft die dicken Farbstifte und presste dem Papier mit Gewalt die jeweils zu den Farben passenden Buchstaben ein. Über diesen schwierigen Vorgang vergaß er das Atmen, lief rot an, schrieb mit geöffneten Lippen und äußerster Konzentration. Er atmete erst aus, wenn er ein Farbwort vollendet hatte, was bei Zinnoberrot fast zu einer Ohnmacht geführt hätte. Stundenlang saß der Du vor seinem Blatt, abgeschottet von seiner Umgebung in seiner

Farbzeichen-Glocke, vertieft in sein ihn nie ermüdendes Werk. Und mit der Zeit löste sich die verkrampfte Umklammerung der Stifte, hob sich die kleine Brust atmend bei der Arbeit, schwangen sich die Linien leichter über das Blatt in schier endloser Reihung. Meditierend versank der Du in die Welt der Schriftzeichen, und eines Tages sagte er vor dem Schlafengehen zu Ute: „O hat zwei Geschmäcker!" Ute verstand nicht, woraufhin der Du im Schlafanzug sein von ihm zuletzt beschriebenes Blatt holte und auf die Wörter „ocker" und „rot" deutete. „O hat zwei Geschmäcker!", wiederholte er ernst und nachdrücklich. Langsam begriff Ute. Der Du sprach vom unterschiedlichen Klang des Buchstaben „o", der im Wort „ocker" offen und im Wort „rot" geschlossen ausgesprochen wird.

Und so kam es, dass der inzwischen fast fünfjährige Du im Selbststudium ein Geheimnis des geschriebenen Wortes entdeckt hatte.

VI.

Wie der Du seine Mama fast nicht mehr erkannte

Nach einer Eingewöhnungszeit von 6 Monaten, die das Jugendamt festgelegt hatte, durfte Jessica den Du bei den Pflegeeltern besuchen. Bis dahin lebte sie in einer Art Schockstarre. Zwar hatte der freundliche Mann vom Jugendamt ihr mithilfe des Jobcenters eine Arbeit besorgt –

Jessica half jetzt dreimal wöchentlich bei einer Gebäudereinigungsfirma aus – und diese Arbeit holte sie ein wenig aus ihrer Apathie. Aber die abgrundtiefe Scham über ihr Unvermögen als Mama, über ihre offenbare Beschränktheit stak wie ein langsam zersetzender, giftiger Stachel in ihr. In diesem Zustand seelischer Lähmung besuchte sie auch den Du zum ersten Mal. Weder war sie aufgeregt, noch freute sie sich auf ihr Kind.

Das Haus der Pflegeeltern lag etwas außerhalb der Stadt in einem ruhigen Wohnviertel. Der freundliche Mann vom Jugendamt hatte Jessica den Weg auf einem Zettel aufgemalt und die Straßennamen mit großen, deutlich lesbaren Lettern dazugeschrieben wie auch die Ziffer der Bahnlinie, die Jessica nehmen sollte, und während sie, die Lippen beim Lesen der Straßennamen bewegend, unter blühenden Linden daher stolperte, nahm Jessica unbewusst die Ruhe und beschaulich wirkende Kulisse wahr. Hier wohnte der Du jetzt. Keine Schmierereien prangten an den Wänden, keine Hundehaufen zierten das Pflaster, keine Trinkpäckchen schimmerten zwischen den Büschen oder auf den Grünstreifen entlang der kleinen Straße.

An Haus Nr. 12 angekommen, drückte Jessica zögernd auf das selbst gebastelte Keramikschild „Familie Bartel". Es war Ute, die Pflegemama, die Jessica die Tür öffnete und sie lächelnd hineinbat.

Im Wohnzimmer saß Jessica dann auf dem weichen, großen Sofa und blickte sich um, während der Dirk ihr einen Kaffee eingoss. Eigentlich trank Jessica nie Kaffee, hatte aber angesichts des mit Kuchen und Servietten fein gedeckten Glastischs nicht abzulehnen gewagt. In dem Zimmer mit den vielen Bücherregalen, den kleinen Figuren, den bunten, gerahmten Bildern und dem nackten Holzboden fühlte Jessica sich wie in einer fremden Welt. Gleichzeitig spürte sie eine Art Stolz in sich aufsteigen, dass der Du zwischen so vielen Büchern und bei so klugen Leuten wohnte. Denn wer so viele Bücher besaß, war ja wohl klug? Sie traute sich nicht, den Dirk anzusehen, der sie nett aufforderte, doch ein Stück Kuchen zu nehmen. Dann kam die Ute mit dem Kind an der Hand ins Zimmer. Der blondgelockte Junge war groß und dünn und trug eine blaue Hose und ein blauweiß geringeltes Hemd. „Hier kommt der kleine Jem", sagte die Ute-Pflegemama und lächelte immer noch.

„Jem?", Jessica sah die Ute fragend an. Die Ute und der Dirk hatten aus Jeremy kurzerhand Jem gemacht. Vielleicht passte der Name „Jem" ja besser in dieses Zimmer mit den vielen Büchern, den Bildern, auf denen nichts richtig zu erkennen war, und den Figuren, die bestimmt auch etwas zu bedeuten hatten, was Jessica nicht verstand? Hilflos betrachtete Jessica das fremde Kind mit dem fremden Namen. Die Ute, die wohl die Verlegenheit Jessicas erahnte, hob den Jungen kurzerhand hoch und setzte ihn mit einem Lächeln neben Jessica aufs Sofa.

Mit dem ihm eigenen forschenden und ernsten Blick betrachtete der Du die fremde Frau. Zwei Fremde nebeneinander auf einem Sofa, so saßen sie eine Weile steif da und wussten nichts miteinander anzufangen. Der Dirk und die Ute waren sehr bemüht darum, für eine positive Stimmung zu sorgen.

Schließlich verließen sie sogar ihr eigenes Wohnzimmer, um Mutter und Kind nicht zu stören. Das war lieb! Jem schaute ihnen hinterher, ohne sich vom Sofa wegzubewegen. Dann wandte er sich Jessica zu. „Ich bin ein Schulkind!", sagte er stolz zu der fremden Frau. Und Jessica erkannte ihren Du an seiner Stimme und der nachdrücklichen Art, mit der er seine klare, unmissverständliche Aussage wie eine unumstößliche Feststellung von sich gab, so wie er damals festgestellt hatte, dass er, der Du, auf dem Küchenstuhl sitze, niemand sonst, auch nicht die nette Frau vom Jugendamt. Etwas löste sich in Jessica, die Beklemmung wich für einen Augenblick von ihr und sie beugte sich leise lachend zum Du, piekste ihm spielerisch in den kleinen Bauch, lehnte ihre Stirn an seine: „Mein Du ist schon sooooo groß!" Und da erkannte der Du seine Mama. Er erkannte ihren Geruch, den Geruch ihrer Haare, ihrer Hände, ihres Atems. Fest presste er seine harte Stirn an die seiner Mama und seine Mama legte weich und vorsichtig ihre Arme um seinen Nacken.

VII.

Ein Lexikon in Dus Kopf

Es stimmte, was der Du seiner Mama gesagt hatte: Er war ein Schulkind. Die Ute und der Dirk hatten den Du testen lassen. Und so kam der Du mit fünf Jahren als ein „Kann-Kind" ins erste Schuljahr. Die Schule war gleich um die Ecke seines neuen Zuhauses. 25 Kinder waren in der Klasse vom Du. Und alle waren sie aufgeregt bei der Einschulung. Natürlich waren auch die Mamas und Papas der anderen Schulkinder alle dabei, sofern es bei allen eine Mama und einen Papa gab. Der Du war das einzige Kind, das zwei Mamas dabeihatte: die Utemama und die Mama und natürlich kam auch der Dirk mit. Er hatte sich extra frei genommen in seiner Praxis.

Seit ihrem ersten Besuch war Jessica regelmäßig zu Ute und Dirk gekommen, um den Du zu besuchen. Sie durfte dann zwei Stunden mit dem

Du verbringen. Am Anfang guckte sie das Kinderzimmer an, das eine eigene Kinderbuchabteilung hatte - wie die Bücherei, in die Jessica mit dem Du gegangen war. Tatsächlich hatte der Du zwei Regale voller Bücher, nicht nur Pappbücher, wie sie ihm die Mama vorgelesen hatte, sondern auch schon Bücher mit Papier und viel Text. Denn der Du konnte nicht nur schreiben, sondern auch lesen.

Zwar hatte das „ei" anfangs Widerstand in ihm ausgelöst. Alles im Du sperrte sich gegen dieses Zeichen für den Laut „ai". Mit dem „st" und dem „sp" konnte er sich noch abfinden. Die mochten als „scht" und „schp" gelten. Der Du betrachtete sie als eine Art Abkürzung auf dem Weg zum ganzen Wort. Aber das „ei"! Das „ei" war und blieb unlogisch. Wörter wie „Mai" oder „Laib" verschafften ihm dagegen Genugtuung. Sie rückten den Laut „ai" ins rechte Licht. Und so sammelte der Du an seinem eigenen

Schreibtisch Wörter auf Papier, Wörter, deren Schreibung hielt, was ihr Klang versprach.

Im Kinderzimmer las die Mama dem Du vor. Er saß auf ihrem Schoß und lauschte ihrem Gestammel, während sie ihren Kopf über den seinen gebeugt hielt. Wie früher wiederholte die Mama die frisch entzifferten Wörter noch einmal und der Du formte mit jeder Wiederholung die Wörter stumm mit. Dabei sog er den Duft seiner Mama ein und Duft und Wörter vermischten sich zu einem wohligen Gefühl.

Das Lieblingsbuch vom Du war „Der Buchstabenfresser" von Paul Maar. Darin tauschte ein aus einem Ei geschlüpftes Tier, das, wie sich später herausstellte, ein Buchstabenfresser war, Buchstaben innerhalb von Wörtern aus. Mit dem Tausch veränderte sich die Bedeutung des jeweiligen Wortes. So wurde der Tisch zu Fisch, wenn der Anfangsbuchstabe T gegen ein F ausgetauscht wurde. Aber in dem Buch veränderten sich nicht nur die Wörter mit dem Tausch, sondern auch die realen Gegenstände, die die Wörter bezeichneten, so dass in der Familie im Buch ein ganz schönes Chaos entstand, über das der Du nicht genug kichern und lachen konnte. Schließlich wandelte sich der anfängliche Buchstabentauscher in einen Buchstabenfresser, was noch dramatischere Folgen hatte, wenn er z.B. den Buchstaben R fraß und von dem Rohr nur noch ein Ohr blieb, und mit dem wachsenden Chaos steigerte sich Dus Heiterkeit. Die Mama verstand anfangs nicht gleich, was ein Hammel war, der aus dem Hammer entstanden war. Aber zum Glück gab es ein Bild im Buch und der Du konnte der Mama erklären, dass ein Hammel ein Schaf-Mann ist.

Später durfte Jessica mit dem Du auch mal rausgehen in den Park oder auf den Spielplatz. Aber den Spielplatz fand der Du nicht so toll. Das kriegte Jessica schnell heraus. Am liebsten beobachtete er die dicken Karpfen im See. Von der Brücke aus waren die Fische besonders gut zu sehen. Jessica und der Du standen still und stumm aneinander gelehnt auf der Brücke und guckten die behäbigen Tiere an. Jessica schaute über das Geländer, der Du zwischen den Querstäben der Brücke hinunter. „Wenn man das r in Karpfen tauscht, sind im See Krapfen!", platzte der Du einmal in die Stille hinein. Die Mama verstand ihn nicht. Der Du ritzte mit einem Stock das Wort K A R P F E N langsam und sorgfältig in den erdigen Boden. Dann verwischte er den Buchstaben R mit einem Fuß und setzte ihn neu hinter das K:

K R A P F E N. Die Mama gluckste. Sie staunte über den klugen Du. Beide lachten, bis sie nach Luft schnappten. Und dann fragte die Mama den Du, ob er Hunger habe und kaufte ihm in der Bäckerei einen Krapfen. Aber bevor der Du hineinbiss, sagte er zur Mama: „Jetzt beiße ich das R raus, und pappe es nach vorne, dann wird es ein Karpfen!" Und wieder mussten beide lauthals lachen.

Wenn die Mama wieder weg war, verstummte der Du für einen Tag. Das kannten die Ute und der Dirk schon und ließen ihn in Ruhe. Aber jetzt waren alle bei der Einschulung zusammen und der Du fühlte sich vollständig.

Die Lehrerin in der Schule war lieb. Sie half dem Du bei seiner Wörtersammlung, damit er sich nicht langweilte, wenn sie den anderen Kindern die Buchstaben und Silben erklärte. Der Du staunte, wie viele Wörter sich in seinem Kopf stapelten. Und es kamen täglich, nein stündlich neue hinzu. Wie ein leeres Gefäß füllte sich Dus Kopf und es war schon ein Wunder, dass das Gefäß nicht überlief oder zerbrach an der Wörterfülle. „Was passiert, wenn kein Wort mehr in meinen Kopf passt?", fragte er die Lehrerin, besorgt über die mögliche Begrenztheit seines Kinderschädels. „Das wird so schnell nicht passieren.", beruhigte ihn die Lehrerin. „Du kennst doch ein Lexikon, oder? Das endet auch nie. Es kommen immer wieder neue Wörter hinzu. Und manchmal sterben auch ein paar alte Wörter aus, die niemand mehr benutzt. Sie werden dann vergessen." „Und ich habe in meinem Kopf so ein Lexikon?", wollte der Du weiterwissen. „Ich denke schon.", erwiderte die Lehrerin, die bereits auf dem Weg zu einem anderen Jungen war, der ihre Hilfe benötigte.

Und so begriff der Du nach längerem Grübeln, dass eine nicht enden wollende Sammlung von Wörtern in seinem Kopf herumwirbelte, ein zwar ungeordnetes, aber dafür wundervolles, unerschöpfliches Lexikon.

VIII.

Wie dem Du Liebe widerfuhr, ohne dass er es erfuhr

Als die Oma von Jessica hörte, dass man ihrer Enkelin das Kind entzogen hatte, fuhr ein maßloser, geradezu verjüngender Zorn in ihre alten

Knochen. Eigentlich bereute sie schon lange, dass sie Jessica wegen deren Schwangerschaft hinausgeworfen hatte. Jessica war schließlich nicht ihre Tochter. Jessica war ein liebes, wenn auch einfältiges Kind. Aber der altersstarre Stolz hatte Jessicas Oma im Weg gestanden. Jetzt hatte sie ihre Enkeltochter vor einem Einkaufszentrum getroffen, als diese mit ihren gebäudereinigenden Kolleginnen plappernd einen Bürokomplex verließ.

Auf die Frage nach ihrem Urenkel hatte Jessica schuldbewusst eingestanden, dass man ihr das Kind, einen Jungen, weggenommen habe. Sowieso wirkte Jessica seltsam ruhig und ergeben, als sie der Oma so unvorbereitet wiederbegegnete. Und auf die Frage ihrer Oma, was für einen Mist sie denn um Gottes Willen verbrochen habe, dass man ihr das eigene Kind weggenommen habe, meinte Jessica eingeschüchtert, sie sei einfach zu dumm, um ein Kind großzuziehen. Und so erfuhr die Oma nach und nach die ganze

Geschichte: Dass der Du ganz kluge neue Eltern habe, dass er dort in die Schule gehe und bereits besser lesen und schreiben könne als seine eigene Mama. Sie saßen in einem Café in der Innenstadt und die Oma zitterte vor Wut und erwachendem Kampfgeist und mit ihr zitterten Doppelkinn und Dauerwelle. Jessica hockte ihr apathisch und sprachlos gegenüber, und harrte, nachdem sie alles gebeichtet hatte, des unausweichlichen Urteils ihrer energischen Oma, dem sie sich widerstandslos ergeben würde. „Du ziehst sofort aus und kommst wieder zurück zu mir!"

Die Entscheidung war getroffen. Jessica zog zurück zu ihrer Oma, die von nun an die Regie übernahm, was hieß, dass sie den Kontakt mit dem freundlichen Herrn vom Jugendamt aufnahm, der gar nicht so freundlich auf die Oma reagierte. Bei ihrem Besuch hatte die Oma nämlich einen Rechtsbeistand mitgebracht, der dem freundlichen Mann vom Jugendamt ordentlich einheizte. Denn die Oma ließ nichts auf sich kommen. Zwar war ihre Rente mickrig, nicht aber ihr Stolz. Und so hatte sie ihr mühsam Erspartes zu einem Anwalt getragen und die Sache vorgebracht. Die Sache, das waren Jessica und ihr Junge, der, wie die Oma resolut argumentierte, schließlich zu seiner leiblichen Mutter gehöre. Der Anwalt ergänzte die Darlegungen der Großmutter noch um einige juristische Feinheiten und schnürte so ein fertiges Angriffspaket. Zwar sei die Mutter ein wenig zurück, wie der Test ergeben habe, dafür aber liebevoll und dem Kind zugewandt und überdies inzwischen volljährig. Außerdem – der Anwalt holte zum schlagenden Argument aus - sei ja die Großmutter da und könne die Mutter samt Kind betreuen, so dass keinem ein Nachteil erwachse. Er führte Fälle an, in denen sogar Müttern mit geringerem IQ ihre Kinder zugesprochen worden seien, sobald sie sich in die Betreuung einer dritten, mündigen Person begeben hätten. Jessica sei nicht einmal schwer zurück in ihrer geistigen Entwicklung, sie sei eine Grenzgängerin, die nun die Hilfe und Unterstützung ihrer Großmutter in Anspruch nehme. Man dürfe die starke Bindung zwischen der leiblichen Mutter und ihrem Kind nicht zerstören.

Den Argumenten des Anwalts folgten Taten. Die Wohnung der Großmutter wurde vom Jugendamt inspiziert. Sie und Jessica hatten in aller Eile ein kleines Zimmer für den Du hergerichtet. Die Oma mit großem Eifer, Jessica stumm und fleißig, den klaren Anweisungen der Oma folgend. Diese hatte ihr eigenes Schlafzimmer, während Jessica in der Wohnküche auf dem Sofa schlafen sollte. Alles blitzte und blinkte, die gesamte Wohnung duftete nach Zitronenreiniger beim Besuch des Herrn vom Jugendamt und der Familienpflegerin. Es wurde Kaffee getrunken, Kuchen aufgetischt. Alles schien perfekt. Das Gespräch verlief positiv. Es war von der Fürsorge der Pflegeltern, dem

Kindeswohl, dem Recht der leiblichen Mutter auf ihr Kind, den Konsequenzen einer Betreuung die Rede. Und während sich die Oma immer mehr ereiferte, verstummte Jessica, saß teilnahmslos am Tisch. Ein mulmiges Gefühl hatte sich ihrer bemächtigt. Bei Jessy folgten Gedanken den Gefühlen. Dies geschah schleppend und schwerfällig, manchmal auch gar nicht. Im letzten Fall blieben nur ein dumpfes Unwohlsein und ein vages Empfinden von Ohnmacht und Unfähigkeit. Auch jetzt waberte zeitlupenartig behäbig ein unzusammenhängendes Knäuel von Gedankenfäden rund um Jessys inneren Aufruhr in ihrem Kopf, und es dauerte eine ganze Weile, bis sich inmitten des aufgeregten Gemurmels der anderen das Knäuel allmählich entwirrte und endlich einzelne Einwände zuließ: Was geschah hier? Warum ging alles so hektisch? Schon der Umzug Jessicas zur Oma war atemlos vonstattengegangen. Und worum ging es bei den Entscheidungen der anderen? Entscheidungen, die schließlich sie und den Du betrafen? Das Wort „Schulwechsel" war es, das Jessica endgültig aus ihrer Sprachlosigkeit wachrüttelte. „Dem Du geht´s gut in der Schule.", schaltete sie sich scheinbar unvermittelt in das Gespräch. Die Oma erklärte ihr, dass Jeremys jetzige Grundschule zu weit entfernt sei. „Und sag nicht immer `Du` zu dem Jungen!", fügte sie streng hinzu. „Dem Du geht's gut in der Schule. Er hat seine Lehrerin gern." wiederholte Jessica ruhig und hartnäckig.

Und so nahmen die Verhandlungen an dieser Stelle eine unerwartete, entscheidende Wendung. Die Kindsmutter hatte – trotz aller rechtlichen Fortschritte für sie in dieser Sache – entschieden, dass der Du bei seinen Pflegeltern bleiben solle, aus keinem anderen Grund als dem simplen, dass es ihm dort gut gehe. Wer Jessica kannte – und ihre Oma kannte sie gut – wusste um ihre Sturheit, wenn sie einmal, wenn auch spät, einen Entschluss gefasst hatte. So war es schon bei ihrer Schwangerschaft und bei dem Wunsch, ihr Kind selbst großziehen zu wollen, gewesen. Und so war es auch jetzt. Oma und Rechtsbeistand beugten sich dem Unabänderlichen. Der Anwalt wurde ausbezahlt, die Oma – ohne die euphorische Wut – sank in sich zusammen und ihre neu gewonnene Lebhaftigkeit verlor sich im Nichtstun.

Jessica war zufrieden und traurig zugleich. Sie hatte, ohne auch nur je von Brecht, Klabund oder einem Kreidekreis etwas gehört zu haben, ihre eigene salomonische Entscheidung getroffen.

IX.

Der Du und die anderen Kinder

Inzwischen hatten die Kinder in der Klasse den Du als einen sonderbaren, eigenwilligen Kautz ausgemacht. Im Gegensatz zu den

Kindergartenkindern, die sich jeglichem Verhalten und Äußeren gegenüber zunächst einmal offen und neugierig gezeigt hatten, weil in ihrem kurzen Leben sowieso alles neu und damit interessant war, formulierten die Schulkinder bereits ihr eigenes Ich in Abgrenzung zu anderen und dies womöglich brutaler als so mancher Erwachsene, vielleicht um ihr gerade gewonnenes, noch labiles Ich nicht wieder in Frage stellen zu müssen. Sie fühlten sich in diesem, ihrem neuen Selbstbewusstsein einzelnen Gruppierungen zugehörig und beschlossen, dass der Du anders war, denn er gehörte definitiv zu keiner Gruppe. Er fragte die Lehrerin nach komischen Sachen, die keinen Menschen interessierten. Warum es „entziffern" heiße, wo eine Ziffer doch eine Zahl und kein Buchstabe sei. Ob es nicht eigentlich „entbuchstaben" oder „erbuchstaben" heißen müsse? Warum man „erzählen" sage, wo es doch nicht um Zahlen, sondern um Worte gehe. Warum man von „erfahren" spreche, wo kein Fahrzeug in Sicht sei.

Fußball wollte er auch nicht mitspielen. In den Pausen saß er im Klassenraum und blätterte in Büchern. Überhaupt suchte er keinen Kontakt zu seinen Mitschülerinnen und Mitschülern.

Kontakt hatte er zur Lehrerin, die ihm Bücher zur Verfügung stellte oder von zuhause mitbrachte, die die anderen nicht verstanden.

Eine Gruppe von Kindern beschloss deshalb kurzerhand, dem Du klarzumachen, dass er nicht zu ihnen gehöre. Sie nahmen ihm sein Anderssein übel, diesem Klugscheißer, der immer alles wusste oder – noch schlimmer – wissen wollte.

Eine beliebte Methode, anderen ihr Anderssein einzubläuen, war es, sie in der Pause zu mehreren rund um den Schulhof zu hetzen, zu umzingeln und dann kopfüber in den Müllcontainer zu stecken. Das war lustig und spannend zugleich, denn natürlich musste man die Pausenaufsicht austricksen. Ein Plan sah vor, dass eines der

Kinder, weinend und eine Verletzung vortäuschend, die Lehrerin, die für die Überwachung des Schulgeländes zuständig war, ablenken sollte. Zur Freude aller ging der Plan auf. Der Du, der nicht allzu schnell auf den Beinen war, da er Sport sonst tunlichst aus dem Weg ging, wurde gefasst und unter dem Gejohle des halben Schulhofes im blauen Container versenkt, wo er – kantapper, kantapper - auf den glücklicherweise schon hohen Stapel von Altpapier plumpste, kurz bevor es zum Pausenschluss läutete.

Es ist schwer zu sagen, was den Du bewog, im Container zu bleiben und nicht einmal einen Fluchtversuch zu wagen. War es Scham? Oder Angst, es könnten ihm noch ein paar Mitschüler vor der Tonne auflauern? Sicher ist nur, dass er bis Schulschluss im Container verharrte, ohne auch nur einen Mucks von sich zu geben. Zwar ließ die Klassenlehrerin ihn auf dem gesamten Gelände suchen, nachdem sie seine Abwesenheit registriert hatte, aber der Du reagierte weder auf das Rufen der Lehrkörper, noch auf das der Mitschülerinnen. Der Unterrichtsausfall wurde allseits begrüßt und keiner verriet, wo der Du steckte. Die Jäger waren sich keiner Schuld bewusst. Schließlich hätte der Klugscheißer ja um Hilfe rufen oder selbst aus der Tonne klettern können. Erst als die Pflegeeltern verständigt werden sollten, verriet der kleine Marcel, wo Jem steckte. Als sich daraufhin eine Gruppe besorgter Schüler und Lehrerinnen dem blauen Container näherte, konnte man deutlich sehen, dass der Deckel mittels alter Kartonstücke leicht offengehalten wurde. Beim Zurückklappen des Deckels sah man den Du blinzelnd auf dem obersten Stapel alter Zeitungen sitzen. Ein Exemplar mit der für alle lesbaren Schlagzeile „Nachts sind Emotionen stärker" hielt er aufgeschlagen in den Händen. Er lächelte verlegen. Wie Diogenes in seiner Tonne, hatte es sich der Du offenbar gemütlich gemacht. Sogar für eine Lichtschlitz-Leselampe hatte er gesorgt.

Der Vorfall sorgte für einiges Aufsehen in Dus Schule. Schüler wurden befragt. Eltern wurden einbestellt, darunter auch Dirk und Ute. Aber die Übeltäter konnten nicht gefasst werden, weil auch der Du beharrlich zum Vorgefallenen schwieg. Da er fest und sicher auftrat, sowohl vor der Lehrerschaft, vor seinen Pflegeeltern, als auch vor den anderen Kindern, wurde sein Schweigen nicht als Hilflosigkeit oder Angst ausgelegt.

Alles in Allem überstand der Du die Grund-schulzeit glimpflich – abgesehen von einem blauen Auge, einem angeknacksten Knöchel und einer geplatzten Augenbraue. Seine Mitschüler gaben es nach und nach auf, ihn zu jagen, anzu-rempeln, zu schlagen oder auf andere Art zu triezen. Er zeigte einfach keine Reaktion und gab ihnen stets das Gefühl, dass sie das Richtige täten, wo sie doch das Falsche tun, die Grenzen austesten wollten. Das war langweilig. Offenbar gab es für den Du keinerlei Veranlassung, die

Täter zu verpetzen und bestrafen zu lassen. Einen Kontakt zu seinen Mitschülern und Mitschülerinnen hielt er anscheinend nach wie vor für überflüssig. Einzig mit dem kleinen Marcel, der seinen Unterschlupf verraten hatte, fühlte sich der Du mit der Zeit verbunden.

X.

Der Du und die Freundschaft

Es war der kleine Marcel, der die Initiative ergriff. Der kleine Marcel war ein schmächtiges, fahl aussehendes Kerlchen mit dünnem, farblosem Haar, das den Klassenkampf bisher nur überlebt hatte, weil er mit drei Mädchen an einem Gruppentisch saß, die ihn in ihre, bisweilen übergriffige, mütterliche Obhut genommen hatten. Sie zählten zu den Klassenbesten, was ihnen Autorität verlieh und eine Mischung aus neidvoller Anerkennung und wohlwollender

Missachtung einbrachte. Überdies überragten sie nicht nur den kleinen Marcel, sondern auch einige andere Mitschüler um mindestens eine Kopflänge. Den kleinen Marcel fanden sie süß und damit beschützenswert.

Der kleine Marcel wurde nicht etwa seiner zierlichen, zerbrechlichen Figur wegen „der kleine Marcel" genannt. Vielmehr wurde er in Abgrenzung zum großen Marcel so getauft. Der große Marcel war ein Sitzenbleiber, groß, kräftig und furchterregend. Eigentlich war er ein friedliebender Zeitgenosse – wäre da nicht die Demütigung des Wiederholenmüssens gewesen. Und so wurde der große Marcel der Anführer eben jener Bande, die andere Kinder auf dem Schulhof jagte und in die Tonne steckte.

Der kleine Marcel also sprach den Du eines Tages kurz vor Schulschluss an, ob sie nicht gemeinsam den Nachhauseweg antreten sollten, sie hätten denselben Weg. Er deutete das „Mhh" vom Du als ein „Ja" und stolperte nach dem

Unterricht, immer zwei Schritte auf einmal nehmend, neben dem inzwischen hoch aufgeschossenen Du daher, während dieser nur jeweils einen großen Schritt machte. Ein junger, verspielter Hund neben seinem aufrecht und zügig nach Hause strebenden Herrchen. Vor seiner Haustür blieb der Du stehen, wandte sich an den kleinen Marcel und murmelte doch tatsächlich so etwas wie, ob er mit reinkommen wolle. Der Du hatte damals von der Lehrerin in den Gesprächen erfahren, wer für seine „Befreiung" aus der Tonne gesorgt hatte und es nicht vergessen. Dem kleinen Marcel blieb der Mund fast offenstehen. Der Du hatte noch nie jemanden eingeladen.

Auch die Ute staunte, als sie von der Arbeit nach Hause kam. Jem hatte einen Mitschüler mitgebracht! Sie begrüßte den kleinen Marcel ein wenig zu euphorisch, so dass den beiden Jungen unbehaglich zumute war, und überschüttete sie mit Keksen und anderen Süßigkeiten, was im Hause Bartel eher eine Seltenheit war.

In Dus Zimmer sah sich der kleine Marcel um und versuchte etwas Anderes zu entdecken als Bücher. Und tatsächlich lag hoch oben auf einem Regal ein offenbar ungeöffneter Baukasten von Lego-Technic, den die Ute und der Dirk in einem vergeblichen Versuch, den Du einmal für etwas Anderes zu begeistern, gekauft hatten. Nun interessierte sich der kleine Marcel für nichts mehr als für Technik aller Art und hätte sich deshalb am liebsten sofort auf das kostbare Kleinod gestürzt, hielt sich aber angesichts des ernst dreinblickenden Du, der nicht gerade der geborene Gastgeber war, zurück. Schüchtern und fragend deutete er auf den Kasten und der Du nickte nur.

Als die Ute nach einer Weile vorsichtig ins Zimmer lugte, saßen die beiden auf dem Flickenteppich in der Mitte des Zimmers. Ein großer Bauplan lag ausgebreitet vor Marcel, auf dem Holzboden daneben lagen säuberlich sortierte Bauteile, Marcel hielt, während er ernst den Plan studierte, das begonnene Bauteil in einer Hand und Jem, der Marcel gespannt betrachtete, schien auf Anweisungen zu warten. Ute hörte, während sie leise und lächelnd davonschlich, wie Marcel nach einem „Verbinder" verlangte.

Am frühen Abend tönte ungewohntes Jungenjauchzen und -quietschen aus dem ersten Stock des Hauses Bartel. Dirk und Ute, die unten im Wohnzimmer saßen, schauten sich ungläubig an. Wie sich herausstellte, hatten Marcel und Jem es tatsächlich geschafft, das Action Quad allein zusammenzubauen, betätigten nun abwechselnd den Hochgeschwindigkeits-Rückziehmotor und das Quad raste durchs Zimmer, nahm Bücherhürden und flog, sich überschlagend, über Kissenstapel.

Nachdem sich der kleine Marcel verabschiedet hatte, wusste der Du nicht recht, ob er fröhlich oder traurig sein sollte. Das fremde Spielerlebnis hatte ihn angestrengt. Außerdem sorgte er sich, dass der Marcel ihn vielleicht jetzt täglich besuchen würde. Wie sollte er ihm morgen gegenübertreten? Am liebsten hätte der Du am nächsten Tag die Schule geschwänzt, um allein in seine Zimmerhöhle fliehen und sich in seine Bücher, Wörter und Buchstaben verkriechen zu können. Aber in seinem Zimmer war ja das Quad. Unangebracht und wie ein Fremdkörper stand es da. Sollte er es einfach in eine Ecke hinter einen Bücherstapel verbannen? Oder wieder auseinandernehmen und in den Kasten räumen? Vorsichtig nahm er das Fahrzeug in seine Hände. Ein plötzliches, unerwartet aus den Tiefen seines Bauchs hervorbrechendes Glucksen überfiel ihn. Vorsichtig setzte er das Quad wieder auf den Holzboden, zog es mit einem Ruck zurück und ließ los. Ein Zischen – Wumms!, war das massive Teil unter dem Bett verschwunden. Der Du lachte noch, als die Ute ins Zimmer kam.

Am nächsten Morgen hatte der Du seine Beklemmung vergessen. Erst als er den kleinen Marcel von Weitem sah, spürte er wieder eine große Verlegenheit in sich aufsteigen. Aber Marcel winkte ihm unbefangen zu und lachte. Der Du lächelte vorsichtig zurück.

Zu Dus großer Erleichterung wollte der kleine Marcel nicht jeden Tag zu ihm nach Hause kommen. Die Annäherung der beiden geschah behutsam und sacht. Dass die anfängliche Befangenheit Dus sich allmählich entspannte und in Freude wandelte, wenn er dem kleinen Marcel begegnete, war sicher dessen umsichtiger, zurückhaltender Art zu verdanken. Er forderte nichts ein und ließ den Du so sein, wie er nun einmal war. Und so wurde der kleine Marcel Dus erster Freund.

XI.

Wie der Du und die Jessica
sich schämten

Jessica arbeitete unterdessen weiter bei der Ge-
bäudereinigungs-Firma. Seitdem sie auf das
Sorgerecht für den Du verzichtet hatte, durfte
der Du alle 14 Tage das Wochenende bei ihr und
der Oma verbringen. Das hatte Jessy so mit Dirk
und Ute vereinbart. Schließlich hatte der Du in
der Wohnung seiner Uroma auch sein eigenes
Zimmer. Manchmal besuchte Jessica den Du
auch unter der Woche bei Ute und Dirk. Da war
keine Oma, die sich an erzieherischen Methoden
versuchte, die sie bei ihrer Tochter und Enkeltochter anzuwenden vergessen hatte. Ute und
Dirk mischten sich nie in Jems Beziehung zu
seiner Mutter ein. Bei seiner Uroma sollte der
Du beim Essen gerade sitzen, nicht sprechen und
nicht schmatzen, was er ohnehin nicht tat, zur
Begrüßung sollte er das „schöne Händchen"

und – noch schlimmer - seiner Uroma ein Küss-
chen geben, er sollte nach seiner Ankunft zuerst
seine Hausaufgaben machen, selbst wenn er
keine aufhatte, er sollte seine Zähne nach dem
Essen putzen, auch wenn er nichts gegessen hatte,
sollte schweigen, wenn die Erwachsenen
sprachen, auch wenn Jessica und ihre Oma sich
nichts zu sagen hatten, er sollte auf den Namen
Jeremy hören, der nichts mit seiner bisherigen
Identität zu tun hatte. Kurz, die Uroma wollte
diesmal alles richtigmachen und nachholen, was
sie versäumt zu haben glaubte. Der Du war ihr
fremd, aber sie wollte ihn lieben, mit aller
Macht. Schließlich war er ihr Urenkel. Leider
reagierte der Du auf die liebevoll gemeinten
Angriffe seiner Uroma spröde und unnahbar.
Jähe, plötzlich aufwallende Zärtlichkeitsanfälle
ihrerseits erschreckten ihn, was er nicht verber-
gen konnte. Unter ihren gewaltvollen Umar-
mungen versteifte er sich. Die Uroma war ihm
zu stürmisch. An den Wochenenden bei seiner

Mutter verzog er sich zumeist in sein Zimmer, das Jessica und ihre Oma liebevoll mit einer Autotapete tapeziert hatten. Nur zum Essen kam er in die Küche. Es gab komische Sachen, wie Spiegeleier mit Spinat und Kartoffeln, oder Bratwürste mit Rotkohl. Die Uroma schwor auf Hausmannskost. Der „Spargeltarzan", wie sie den Du nannte, sollte etwas Anständiges zwischen die Rippen kriegen, damit er ein kräftiger junger Mann würde. Jessica war hin- und hergerissen zwischen der resoluten Oma und dem stillen Gast. Manchmal klopfte sie an seine Zimmertür, setzte sich ein Weilchen zu ihm und bat ihn, ihr etwas vorzulesen. Das tat der Du dann auch, aber Jessy verstand die Geschichten nicht, die der Du fließend und mit ruhiger Stimme las, und sie traute sich auch nicht, ihn nach dem Sinn des Gelesenen zu befragen. Sie schloss dann die Augen, lauschte dem Klang, genoss die Zwei- samkeit und war stolz auf ihren großen Jungen. Hatte sie es sich nicht genauso erträumt, damals im Krankenhaus, als der nette Arzt sie nach dem Namen ihres Neugeborenen gefragt hatte? Jessica und Jeremy. Jeremy und Jessica. So könnte es für immer bleiben.

Das vierte Schuljahr war vorbei und mit ihm die Grundschulzeit. Der Du kam zusammen mit dem kleinen Marcel auf ein Gymnasium. Jessica platzte vor Stolz. So klug war ihr Du.

Auf dem Gymnasium war alles neu und verwirrend für den Du. Ohne seinen Freund Marcel, der sich schnell zurechtfand, wäre er womöglich untergegangen. Hier gab es in jeder Unterrichtsstunde neue Lehrer oder Lehrerinnen. Man musste manchmal den Raum wechseln. Es gab einen Kunstraum, einen Bioraum, einen Physikraum. Die Turnhalle befand sich am Ende des Schulhofes. Dem Du schwirrte der Kopf. Es war laut und alles verlief hektisch. Überall wuselten Menschen um ihn herum. In der Pause durfte er nicht im Klassenraum bleiben. Der wurde abgeschlossen. So folgte er Marcel auf Schritt und

Tritt, merkte sich täglich die Farbe von dessen Pullovern und Sweatshirts, um ihn nicht im Gewimmel zu verlieren. Überhaupt erinnerte ihn das Treiben im Gymnasium an die Wimmelbücher, die er als Kleinkind von Dirk und Ute bekommen hatte: jeder noch so kleine Fleck war voll mit Taschen, Rucksäcken, Blumenkübeln, Bällen, Fahrrädern, Skateboards, Kickrollern, Menschen, Menschen und Menschen. Und der kleine Marcel wuselte durch das Gemenge, wechselte Räume wie im Schlaf, fand, ohne suchen zu müssen, den Klassenraum und fühlte sich pudelwohl, während der Du hinter ihm herhastete.

Auch stellte sich heraus, dass der Du die Zeichen der Mathematik nicht so zu deuten verstand, wie die der Sprache. Er hatte große Probleme, sich geometrische Körper vorzustellen, geschweige denn zu berechnen. Warum hatte der Würfel keine Augen? Wieso war die Senkrechte schief auf dem Blatt? Was machte der rechte Winkel links, oben oder unten? Das = bei Gleichungen behagte ihm nicht. Warum konnte man die Gleichung herumdrehen und die linke Seite mit der rechten vertauschen? Wieso konnte man behaupten, $2x + 6 = 10$ sei das Gleiche wie $10 = 2x + 6$? Wenn man sage: „Ein Lehrer **ist** ein Mensch.", könne man das doch auch nicht herumdrehen und behaupten: „Ein Mensch **ist** ein Lehrer." Den Lehrer brachte Dus Diskutierfreude in Rage. Er fühlte sich provoziert. Was wollte dieser seltsame Junge von ihm? Auch hier sprang wieder der kleine, überaus wendige Marcel ein. Einerseits wusste er den Lehrer zu beschwichtigen, verstand aber andererseits auch Jems Problem, konnte ihm plausibel machen, dass das Gleichheitszeichen nicht mit dem Verb „sein" bzw. „ist" zu verwechseln sei, dass mathematische Zeichen einer anderen Logik folgten und nicht notgedrungen alltagssprachlichen Bedeutungen entsprächen. Dieses Problem wurde bei Textaufgaben besonders deutlich.

Offenbar verwendeten Mathematiker die Sprache anders als die übrigen Sterblichen. „Gegeben ist ein Dreieck…" Was sollte das heißen? Von wem gegeben? Ist es vom Himmel gefallen? Wurde es von Gott auf die Erde gesandt, das Dreieck? Um was dort zu tun? Welche Mission sollte es erfüllen? Und schlimmer noch: „Gegeben **sei** ein Dreieck." War das ein Stoßgebet? Ein frommer Wunsch? Etwa wie „der Herr sei mit dir!", eine Bitte, die der Du aus den Gottesdiensten in der Grundschulzeit kannte. Wie auch immer diese rätselhaften Formulierungen gemeint sein mochten, Dus Gedanken verloren sich in ihnen und verschwanden in eine fiktive Geschichte. Am Ende des 5. Schuljahres erhielt der Du ein sattes „Mangelhaft" im Fach Mathematik auf dem Zeugnis, wurde aber versetzt, da seine sonstigen Leistungen überdurchschnittlich gut waren.

Jessica war zufrieden. Immerhin. Ihr Sohn war eine Klasse weiter. Sie selbst war über die 8.

Klasse der Förderschule nie hinausgekommen. Das Gymnasium war ein gewaltiges Geheimnis, ein weit von ihr und ihrem Leben entferntes Universum. Die Uroma reagierte auf die mangelhafte Note verärgert. Sie meinte, ihr Urenkel solle besser aufpassen und sich anstrengen. Dirk und Ute engagierten eine Nachhilfelehrerin, die – wie sich mit der Zeit herausstellte – über genügend Empathie verfügte, um den eigenwilligen Gedankenverästelungen Jems zu folgen und sie im Sinne der Mathematik umzulenken.

Vor den Wochenenden holte Jessica ihren Sohn manchmal von der Schule ab. Sie stand dann vor dem großen schmiedeeisernen Tor des Gymnasiums und beobachtete die Kinder und Jugendlichen, die nach dem Klingelzeichen über den Schulhof dem Ausgang zustrebten, lärmend, lachend, die Jungen einander anrempelnd – sie sahen anders aus als die Kinder aus Jessicas früherer Schule. Waren es ihre Anziehsachen, die Taschen, die Frisuren, ihr Verhalten –

vielleicht ein bisschen von allem, was sie unterschied? Oder war es Jessicas ehrfurchtsvoller Blick auf diese unerreichbare Welt der Gymnasiasten, der sie anders wirken ließ? Sie alle trugen ein Smartphone bei sich. Die einen, um Musik zu hören, andere chatteten, wieder andere schrieben Nachrichten, surften im Internet oder hielten ihr Smartphone einfach nur so in den Händen, allzeit bereit, auf Abruf zu reagieren. Jeremy hatte kein Smartphone. Das bemerkte Jessica eines Nachmittags, als er, mit Marcel quatschend, auf sie zukam. Während Marcel in seiner Linken lässig sein Smartphone hielt, baumelten Jeremys Hände schlaksig, vor allem aber leer neben seinen langen, dünnen Beinen hin und her. Glücklich über diese Entdeckung, beschloss Jessica, ihrem Sohn ein Smartphone zum nächsten Weihnachtsfest zu schenken. Endlich könnte sie ihm, von dem sie immer weniger wusste, den sie immer weniger verstand, eine wirkliche, eine richtige Freude machen! Für ihren Plan hatte sie noch drei Monate Zeit. So ein Smartphone kostete schon etwas. Viel verdiente sie nicht, aber wenn sie wöchentlich einen Teil ihres Geldes weglegte, sollte es schon reichen. Auch konnte sie bei einer Nachbarin schwarzarbeiten. Die ältere Frau hatte sie schon mehrfach darum gebeten, aber Jessy hatte jedes Mal abgelehnt, weil sie die freie Zeit mit ihrem Sohn verbringen wollte.

Zuhause versuchte Jessica auszurechnen, wie viel Geld sie jede Woche weglegen müsste, um ein Smartphone für 120.- Euro kaufen zu können. Diese ungeheure Summe, so schwebte ihr vage vor, müsse es schon sein. Am nächsten Tag zeigte ihr ein freundlicher Verkäufer in dem großen Elektronikmarkt einige Modelle. Er bot ihr auch einen Ratenkauf an. Auf diese Weise könne Sie leicht und komfortabel ein noch hochwertigeres Smartphone für ihren Sohn erwerben. Ein solches Hightech-Gerät sei schließlich kein bloßer Gebrauchsgegenstand, sondern vielmehr auch ein Prestigeobjekt. Jessica verstand das Wort nicht genau, ahnte aber seine Bedeutung. Ein Smartphone war wichtig für junge Menschen. Und ihr Jeremy sollte nicht außen vorstehen. Sie fand den Verkäufer sehr nett. Er gab sich wirklich viel Mühe mit der Beratung. Und so entschied sie sich für ein schwarzes, elegantes Smartphone für 299.- Euro. Ein Schnäppchen, wie der Verkäufer ihr versicherte. Noch nie hatte Jessica eine solche Summe auf einmal ausgegeben. Aber alles ging ganz leicht. Sie musste nur ihren Ausweis zeigen und ein Papier unterschreiben.

Zuhause saß sie voller Stolz am Küchentisch. Vor ihr lag der schicke, glänzende Karton mit dem Smartphone für ihren Du. Jessica lächelte still vor sich hin. Sie fühlte sich erwachsen und reif – eine Mutter, die ihrem Sohn zu Weihnachten ein großzügiges Geschenk macht. Als der Schlüssel in der Tür ging, packte sie hastig alles weg. Die Oma sollte von ihrem Kauf nichts wissen.

Weihnachten rückte näher und damit auch Jessicas angespannte Freude über ihre Gabe. Am letzten Schultag vor den Weihnachtsferien stand sie wieder einmal an Jeremys Schule auf dem gegenüberliegenden Bürgersteig, um ihren Sohn abzuholen. Den kleinen, kostbaren Karton trug sie in ihrer ausgebeulten Handtasche immer bei sich. Sie konnte es kaum noch abwarten, ihn an Weihnachten zu überreichen. Ein großer schwarzer Wagen versperrte ihr den Blick auf das Schultor. Gerade, als sie die Straßenseite wechselte, hörte sie Marcels Stimme. „Wer ist eigentlich diese Frau, die dich manchmal abholt?" Jessica blieb stehen. Sie stand jetzt genau hinter dem dunklen SUV. „Ach", hörte sie Jeremys zögernde Stimme. „Das ist nur unsere Haushälterin." – Ein Schuss ins Herz kann unmöglich so schmerzen, wie der jähe, wuchtig scharfe Stich, der Jessica traf. Stumm und benommen stand sie einen Augenblick da, wankte dann leicht und machte ruckartig kehrt. Zuhause wusste sie nicht, wie sie zurückgefunden hatte. Blinde Scham hatte sie den ganzen Weg über getrieben. Scham über ihre eigene Unzulänglichkeit, über ihre Naivität, die kindliche Freude, mit der sie den Du hatte beschenken wollen. Ihr Sohn schämte sich für seine Mutter! Und in ihre beißende Scham mischte sich wie ein langsames Gift auch das dumpfe Gefühl, von ihrem eigenen Kind gedemütigt worden zu sein. Jeremy, ihr Du, hatte sie verraten. Das, sie spürte es intuitiv, war gemein und falsch. Auch sie schämte sich für ihren Sohn.

Vor dem Schultor wartete der Du auf seine Mutter. Ihn hatte, kaum dass er die Worte über sie ausgesprochen hatte, ein Gefühl heftiger Reue überfallen. Aber er brachte nicht den Mut auf, seinem Freund die Wahrheit zu gestehen. Nun hielt er schuldbewusst Ausschau nach der

winzigen, pummeligen Person mit Pferde-
schwanz. Aber seine Mutter kam nicht.

XII.

Der Du und die Sprachen

Als der Du in die 7. Klasse kam, zahlte Jessica
immer noch die Raten für sein Smartphone ab.
Der Kontakt zwischen ihr und ihrem Sohn riss
allmählich ab. Jessica meldete sich nur noch
sporadisch bei Jeremy und den Pflegeeltern, den
Vorwürfen ihrer Oma, sie sei eine schlechte
Mutter, zum Trotz. Sie gab vor, der Junge habe
anderes zu tun, als seine Mutter zu besuchen.
Sicher habe er in seinem jetzigen Alter andere
Interessen und wolle sich lieber mit Gleichaltri-
gen treffen. Sie stürzte sich in Arbeit, nahm
noch einige Jobs zusätzlich an und versuchte die
bittere Traurigkeit, die sich hinter ihrer ruhigen
Haltung verbarg, mit harter körperlicher

Schufterei zu ersticken.   Abends ging sie erschöpft ins Bett und fiel in einen komatösen Schlaf.

So versäumte Jessy, wie ihr Du kieksend und pickelig die erste Schwelle vom Kindes- ins verworren komplizierte Jugendalter überschritt. Aber anders als andere Jugendliche beunruhigte den Du das andere Geschlecht nicht, da er es erst gar nicht als solches wahrnahm. Mädchen waren für ihn Mitschülerinnen, mit denen er sich, wie auch mit Mitschülern über Unterrichtsinhalte austauschte. Über das Smartphone, das Jessica ihm an Weihnachten hatte zukommen lassen, hatte er sich zwar gefreut, verwendete es aber nicht, um in Chatrooms erste, vorsichtige Kontakte zu erproben. Er war in keiner Facebook- oder Whatsapp-Gruppe, twitterte nicht, besuchte keine Partys oder Diskos.

Es war eine andere Liebe, die den Du unvermutet traf und die er im Laufe seines Lebens immer mehr umkreisen und vertiefen sollte: Der Du nahm die Schönheit der Sprache zum ersten Mal bewusst wahr. Es war die lateinische Sprache, die ihn als erste in dieser Weise gefangen nahm. Ihre schlichte, klare Struktur war es, die ihn begeisterte, die geradlinigen logischen Verknüpfungen, die dem Satzbau für Schachtelungen, Verzahnungen, Hyperbata alle Freiheit ließen, die konsequente Kongruenz von Kasus, Numerus und Genus, die diese Freiheiten und damit eine logisch analytische Aufschlüsselung des Sinns ermöglichten. All das machte für ihn die wahre Schönheit der Sprache aus. Leidenschaftlich und gierig warf er sich auf alles, was mit römischer Geschichte und Mythologie zu tun hatte, recherchierte im Internet, las Vergil, Ovid, Horaz, beschäftigte sich mit lateinischer Lyrik, Epik und mit politischen Schriften der Römer, entdeckte den Hexameter, indem er in seinem Zimmer laut und rhythmisch deklamierte. Die Aeneis, der trojanische Krieg. Zuerst lernte er sie aus Sicht der Römer kennen. Erst viel später, während seines

Studiums, sollte er Homer und dessen Version des trojanischen Krieges in der Ilias lesen und schätzen lernen.

Es war eben diese Leidenschaftlichkeit, die den Funken auf seine Mitschülerinnen und Mitschüler überspringen ließ. Der Du blühte auf, hielt Referate, brillierte mit seinem Wissen, das er nicht überheblich, sondern begeistert darlegte. Berauscht von den jeweiligen Themen, legte er seine sonstige Scheu für die Dauer eines Vortrags ab, um sich im Anschluss wieder schüchtern auf seinen Platz zu begeben. Es schien, als kehre er sein zweites Ich, das immer schon in ihm geschlummert hatte, für einen kostbaren, flüchtigen Moment nach außen, um angesichts der Fülle, die ihn überwältigte, nicht innerlich platzen zu müssen.

Mit der Zeit reichten ihm, der lateinische Lektüren wahllos und unersättlich verschlang, Übersetzungen nicht mehr aus. Er begann, zweisprachige Buchausgaben zu studieren, was ihn maßlos überforderte. Erst in der Oberstufe war er wirklich in der Lage, Texte mit Genuss und Verstand im Original zu studieren.

„Wer kennt nicht des Aeneas' Geschlecht, wer Troja, die Stadt nicht?"
„Muse, sag mir die Gründe, ob welcher Verletzung des hohen
Willens, worüber voll Gram die Götterkönigin jenen
Mann, das Vorbild der Ehrfurcht, in so viel Jammer, in so viel
Mühsal gejagt. Kann so die Gottheit grollen und zürnen?"

Tatsächlich lasen sie im Leistungskurs sein geliebtes Epos von Vergil in lateinischer Sprache, ein kleiner, exklusiver Club 11 Interessierter, die der Lateinlehrer sich entzückt an Land gezogen hatte. Hier lernten sie das Ränkespiel der Götter kennen, deren Schwächen, Vorlieben und Machenschaften, die denen der Menschen nur allzu sehr glichen und deren Schicksal bestimmten. Hier verglichen sie Übersetzungen, deklamierten, analysierten, debattierten: Die Sicht Lessings auf den Laokoon, seine Gegenüberstellung von bildnerischer und literarischer Kunst. Wo ist die Grenze der Malerei und Plastik, wo die der Literatur?

„Die Malerei kann in ihren koexistierenden Kompositionen nur einen einzigen Augenblick der Handlung nutzen, und muß daher den prägnantesten wählen, aus welchem das Vorhergehende und Folgende am begreiflichsten wird."

Wohingegen die literarische Kunst sich in „fortschreitenden Handlungen" ausdrücke, darin liege zugleich ihre Größe und Grenze. War das so? Der Du überlegte, ob er nicht mithilfe der Sprache, die die Not des Laokoons plastisch darstellt, ebenso wie beim Anblick der Laokoon-Gruppe eine bildhafte Darstellung vor Augen habe. Tatsächlich aber waren es – wie er sich jetzt eingestand - mehrere, aufeinanderfolgende Bilder, eben in der Abfolge der Handlung, die Vergil beschrieb. Was, so fragte sich der Du, hätte Lessing wohl zur Ästhetik bewegter Bilder, nämlich denen des Films, beigetragen?

„Da! Da gleitet von Tenedos her durch ruhige Wogen
-jetzt noch faßt mich Entsetzen – in riesigen Bogen ein
Paar von

Schlangen im Meere dahin und strebt gemeinsam zum
Strande.

Steilauf recken sie zwischen den Fluten die Brust, ihre
Kämme

glühn blutrot aus Wogen empor. Der übrige Teil
streift

hinten das Meer und wirft zu gewaltiger Windung den
Rücken.

Schaurig schäumt das Wasser der See; schon gingen
an Land sie,

brennend starrten die Augen, von Blut unterlaufen
und Feuer,

und schon leckten sie zischend ihr Maul mit zucken-
den Zungen:

Bleich vom Anblick fliehn wir hinweg; sie streben in
sichrem

Zug auf Laocoon zu: sofort um die Leiber, die jungen,
beider Söhne schlingen nun beide Schlangen die
grause

Windung, weiden den Biß an den armen, elenden
Gliedern.

Dann ergreifen den Vater sie auch, der mit Waffen zu
Hilfe

herstürmt, schnüren ihn ein in riesen Windungen, und
schon

zweimal die Mitte umschlungen und zweimal die
schuppigen Rücken

um seinen Hals, überragen sie hoch mit Haupt ihn und
Nacken. "

Ja, alles war in Bewegung. Das unermüdliche Studium von Texten und deren Analyse wühlten den Du auf wie die Schlangen das Meer aufschäumten. Auch sein Leben war ja in ständiger Bewegung, glich aber nicht wirklich einer Abfolge von Handlungen. Oder konnten seine verschlungenen Gedankenwindungen, sein unaufhörliches Brüten über Worten, sein innerstes Beben und Feuer als Handlungen begriffen werden? Wer war er eigentlich mit all seinen Tagträumen, seinen Hirngespinsten und wohin würde ihn die Zukunft treiben? Seine Schulzeit näherte sich dem Ende. Wie konnte er durch Entscheidungen, durch wirkliches Handeln seine Zukunft lenken, wenn er sie nicht den Machenschaften der Götter und Göttinnen überlassen wollte, an die er ohnehin nicht glaubte? Mit den sich auftürmenden Fragen reifte ein Entschluss heran: Er würde sich ausschließlich dem Studium von Sprachen widmen. Er würde seine

Hirngespinste zur Profession machen und sie so in Handlungen überführen.

Zur Abiturfeier wurde auch Jessica eingeladen. Darauf hatten Ute und Dirk bestanden. Der Du erkannte die kleine, verhärmt wirkende Frau kaum als seine Mutter wieder. Sie hatte sich dem Anlass gemäß schick angezogen. In ihrem engen rosafarbenen Rock und der Rüschenbluse stand sie verlegen vor dem fremden jungen Mann im Anzug. Sie gaben einander höflich die Hand. Als Jessica sich, ohne ihn anzublicken, erkundigte, was er denn jetzt werden wolle, erklärte er ihr, dass er Linguistik studieren werde. Sie hatte sich ihren Sohn immer als Rechtsanwalt oder Arzt vorgestellt, wie die gutaussehenden jungen Männer in den Serien, die so toll reden konnten und anderen Menschen auf die eine oder andere Weise den Hals retteten. Aber was Linguistik war, wusste sie nicht, und der Du wusste, dass seine Mutter nicht wusste, was der Begriff „Linguistik" bedeutete, machte aber keinerlei Anstalten, es zu erklären. Hilflos standen sie einander gegenüber. Sie hatten sich nicht nur aus den Augen verloren.

XIII.
Der Du und die Liebe

Die Universität war groß. Um Einiges größer als das Gymnasium. Und der kleine Marcel, der inzwischen – ohne Abgrenzung von einem Namensvetter - einfach nur Marcel hieß, obwohl er nach wie vor klein war, würde in Zukunft in einer anderen Stadt Maschinenbau studieren und somit nicht mehr als möglicher lebender, mobiler Leuchtturm zur Orientierung des Du fungieren können. Für ein Fernstudium war der Du geradezu prädestiniert. Auf seinem mit Bücherbergen, vollgekritzelten Papieren und einem Laptop beladenen Schreibtisch hatte er sich noch nie verlaufen, auf dem unüberschaubaren, übervölkerten Campus allerdings... Inzwischen war der Du jedoch zumindest in der Lage, seine Orientierungsprobleme nicht nur zu reflektieren, sondern auch laut zu benennen. So gestand er seine Bedenken seinem Freund, ehe dieser die Stadt verließ. Marcel, findig so gut wie wendig, organisierte für den Du eine nächtliche Begehung des Universitätsgeländes. Ruhe und Leere waren garantiert. Nichts konnte so vom Eigentlichen, den zahlreichen Seminar- und Hörsaalgebäuden, ablenken. Es war eine laue Spätsommernacht, als die beiden, mit einer Taschenlampe, bunten Memoaufklebern und dem Vorlesungsverzeichnis gerüstet, den dunklen, ausgestorbenen Campus inspizierten. Vorsorglich hatte Marcel sich noch mit inspirierenden Getränken eingedeckt, die dem Du die letzte Scheu vor der leeren, toten Betonwüste nahmen. Der Hausmeister des Hauptgebäudes erwischte die beiden erst, als schon alle für den Du wichtigen Anlaufstellen mit wetterfesten, farblich auf die jeweils wichtigen Gebäude abgestimmten Miniaufklebern versehen waren. Diese fielen angesichts der vielen Graffitis, Pamphlete und Stoßgebete an den Wänden nicht weiter auf – außer natürlich dem Du, dem sie das ganze erste Semester lang Halt boten. Das Innenleben der Gebäude ertastete sich der Du später anhand von Plänen, die sein Freund für ihn angefertigt hatte. Und so hatte Marcel, pragmatisch wie er nun einmal war, es dem Du ermöglicht, sich dem universitären Dschungel zu stellen.

Das Gebäude, in dem der Hörsaal 4 lag, war mit einem grünen, runden Aufkleber gekennzeichnet, der dem Du sagte, dass hier die Einführungsvorlesung in Sprachwissenschaften stattfinde, für die er sich anhand des Vorlesungsverzeichnisses entschieden hatte und die, wie er jetzt noch nicht ahnen konnte, sein Leben in andere Bahnen lenken sollte.

Nicht, dass sie dem Du direkt aufgefallen wäre, während sie die Einführungsvorlesung über

„Grundlagen der Historisch Vergleichenden Sprachwissenschaft" hielt. Für ihn war sie lediglich ein Sprachrohr, ein Katalysator, der Informationen in sein Hirn transportierte und ihnen zur weiteren Verarbeitung verhalf. Das Thema hatte ihn gefesselt, ihre Stimme war angenehm unaufdringlich, trat hinter den Inhalt zurück. Zudem las sie nicht ab, was immer eine einschläfernde Wirkung auf Zuhörende hatte, wie er fand. Nein, sie sprach frei, dies aber, ohne sich je zu verhaspeln. Sie war in ihrem Thema zuhause.

Aber er war ihr aufgefallen zwischen all diesen Butterbrot kauenden, Tablet-bedienenden, gelangweilt dreinschauenden Studentinnen und Studenten, die sich zurücklehnten und sie betrachteten, als biete sie eine Art Fernsehprogramm an, einen weiteren zu konsumierenden Gegenstand im überfüllten Tag. Der Hörsaal 4 war voll besetzt, die Menge drängelte sich bis in die hintersten Ecken. Es war laut, stickig und roch muffig nach im Regen feucht gewordenen Mänteln und Jacken. Das fortwährende Gemurmel bildete eine monotone Kulisse zu ihrer Mikrophon-unterstützten Stimme. Hier und da brummte oder vibrierte ein Smartphone. Die Studierenden wussten, dass im Internet zu jeder Vorlesung Folien vorlagen. Warum also sollten sie ihrem Vortrag folgen? Zumal man ab Reihe 10 nichts mehr verstehen konnte. Allerdings bestand Anwesenheitspflicht. Eine absurde Situation für alle Beteiligten.

Dieser eine aber saß ruhig immer an demselben Platz in der 2. Reihe rechts und hörte ihr zu – nicht mehr und nicht weniger. Er wirkte nicht übereifrig, wie es Erstsemester oft waren, kritzelte nicht wild in einem College-Block herum, sondern schien schlicht dem Inhalt zu lauschen. Nach der dritten Vorlesung verstand sie, dass sie in all dem Gewusel begonnen hatte, sich an ihm festzuhalten. Sobald sie das Pult erreicht hatte, suchte ihr Blick den hochaufgeschossenen jungen Mann mit den strubbeligen, dunkelblonden Haaren. Während der Vorlesung war sie bemüht, an seinem Gesichtsausdruck eine Reaktion, eine Beurteilung ihres Vortrags abzulesen. Als sie das Thema „Strukturen des mentalen Lexikons" anschnitt, lächelte er versonnen vor sich hin – ein verträumter Ausdruck erschien auf seinem sonst so konzentrierten Gesicht und versetzte ihr einen Tritt in die Magengegend.

Es sollte noch zwei Semester dauern, bis Luisa den jungen Studenten persönlich ansprach. Inzwischen kannte sie ihn nicht nur aus ihren Vorlesungen. Er besuchte auch eines ihrer Seminare zum Thema „Grundlagen der empirischen Sprachbeschreibung" Hier verhielt er sich weniger zurückhaltend. Seine Beiträge waren eigenwillig, seine Stimme klang ruhig mit einer dunklen Einfärbung und schien nicht zu seinem jungenhaften Äußeren zu passen. Er sprach bedächtig, suchte während des Sprechens noch nach passenden Worten, die sein Denken weiterzutragen schienen. „Über die allmähliche Verfertigung der Gedanken beim Reden", so ging es Luisa durch den Kopf. Welcher Einfaltspinsel war nur auf die Idee verfallen, Sprache müsse perfekt und in einem Guss den Mund verlassen, möglichst glatt und – nichtssagend. Einen Dialekt, einen regionalen Tonfall konnte Luisa, die sich viel mit Phonetik beschäftigt hatte, im Sprachduktus dieses eigenwilligen Studenten – er hieß Jem - nicht ausmachen. Wenn er seinen Kommilitonen widersprach, tat er dies ernst und freundlich. Wieso man behaupten könne, dass nur der Mensch über sprachliche Mittel verfüge. Ob man bei Krähen, Bienen oder auch manchen Meeressäugern nicht von sprachlicher Kommunikation ausgehen müsse. Ob sich je ein Linguist mit tierischen Äußerungen beschäftigt habe. „Wissen Sie etwas darüber?", wandte er sich direkt an seine Dozentin. Luisa erläuterte, dass zwar Charles Hokket in seiner Charakterisierung der wichtigsten Merkmale der menschlichen

Sprache ausdrücklich von Sprache als einem humanspezifischen Phänomen gesprochen habe, dass aber in jüngster Zeit die Forschung in eine andere Richtung gehe. T. Gentner zum Beispiel von der University of Southern California habe in Experimenten das Sprachvermögen von Staren erforscht und dabei die erstaunliche Beobachtung gemacht, dass diese in der Lage seien, grammatische Regeln zu erkennen und umzusetzen. Bisher sei man davon ausgegangen, dass die Fähigkeit der Rekursion, der Verschachtelung von Sätzen also, nur der menschlichen Sprache vorbehalten sei. Gentner und seine Kollegen hätten jedoch mithilfe von zusammengesetzten Tonbandaufnahmen von Starengesängen deren Triller- und Rätschlaute nach den Regeln einer rekursiven Grammatik aufgebaut und die verblüffende Entdeckung gemacht, dass die Tiere, nachdem sie ein Grundmuster erkannt, neue, darauf aufbauende Gesänge problemlos erlernt hätten. Man könne demnach davon ausgehen, dass das Erkenntnisvermögen von Tieren, zumindest der Stare, im Hinblick auf sprachliche Fähigkeiten weitaus komplexer sei, als bisher angenommen. Allerdings, so ergänzte Luisa rasch, sei Gentner kein Linguist, sondern Psychologe.

Der Du lauschte Luisas Ausführungen gespannt, wirkte erleichtert. Das hieße mit anderen Worten, entgegnete er, dass die Borniertheit des Menschen wieder einen Dämpfer erhalten habe, dass es nicht so einfach sei, das eine, besondere Alleinstellungsmerkmal des Menschen zu benennen, das ihn vom Tier unterscheide? Und warum, so fuhr er nach einer Pause fort, habe man nicht versucht, die Ausdrucksweise der Stare zu begreifen, die womöglich einem völlig anderen, uns unverständlichen Muster folge. Warum habe man die Grammatik der menschlichen Sprache bei den Untersuchungen zum Maßstab gemacht? Am Ende seien es ja vielleicht die Menschen, die ein Forschungsobjekt der Stare darstellten und nicht umgekehrt? Luisa lächelte. „Sie könnten ja die Sprache der Stare erforschen – natürlich unter sprachwissenschaftlichen, nicht unter biologischen Aspekten", schlug sie vor und lachte. Sie saßen mit der gesamten Seminar-Gruppe bei einem Glas Bier in einer Kneipe nahe der Universität. Trotz der Lautstärke hatten sie ihre Debatten über das Phänomen der Sprachentstehung, und -entwicklung und die Probleme einer Beschreibung hier fortgesetzt.

Es wurde spät. Nach und nach verließen die Seminarbesucher das Lokal. Und erst als bis auf die junge Dozentin und den ernsten Studenten alle verschwunden waren, wagte sich Luisa, ermutigt durch den Alkohol, vor: Ob sie nicht „du" sagen könne.   ? - - - ?

Woher wusste sie…? Aber nein! Das konnte sie doch nicht wissen! Es war, als habe ihn jemand aus einem bleischweren, alle Sinne betäubenden Schlaf wachgerüttelt. Der Du sah mit offenen

Augen Luisas Augen, mit offenem Mund Luisas Mund, hörte mit offenen Ohren Luisas Stimme, diese warme Stimme, die er schon so oft gehört, und doch nie gehört hatte. *Elige cui dicas ´ tu mihi sola places ´.**

Und der Du erkannte Luisa und Luisa erkannte den Du.

So steckten in dieser Nacht zwei Linguisten unter einer Decke und konnten nicht umhin, zwischen nicht enden wollenden Berührungen, dem Austausch von Gerüchen, Geschmäckern,   Blicken, Lauten auch Ideen und Gedanken auszutauschen. Der Du erzählte Luisa von seiner Mutter, seiner leiblichen Mutter, die ihn „Du" genannt habe. Noch nie hatte er mit jemandem über Jessica gesprochen. Und Luisa fragte ihn, ob er wisse, dass das Hebräische beim Duzen Femininum und Maskulinum unterscheide, während   im Deutschen die 2. Person Singular

---

**Wähle dir die, der du sagst: „Du nur gefällst mir allein." Ovid: Ars amatoria, ca. 1 n. Chr.*

lediglich Neutrum sei, es heiße ja „das Du". Wäre dies anders, hätte man ihn vielleicht sogar auf den Namen „Du" taufen können. Beide lachten, wühlten sich ineinander, lachten.

Welch eine Nacht, ihr Götter und Göttinnen!
Wie Rosen war das Bett! Da hingen wir
Zusammen im Feuer und wollten in Wonne zerrinnen!
Und aus den Lippen flossen dort und hier
Verirrend sich, unsre Seelen in unsre Seelen! –
Lebt wohl ihr Sorgen! Wollt ihr mich noch quälen?
Ich hab´ in diesen entzückenden Sekunden,
*Wie man mit Wonne sterben kann, empfunden!***

Wo nur war er gewesen? Hatte er nicht „Ars Amatoria", die Liebeskunst, von Ovid und jede Menge anderer römischer Liebeslyrik gelesen? Wieder und wieder? Ganze Passagen kannte er auswendig, offenbar aber nicht inwendig. Tatsächlich, so verstand er jetzt, hatte er nichts begriffen. Der Du erkannte, dass die Texte einen doppelten Boden hatten, man begriff sie erst wahrhaftig, wenn die eigenen Erfahrungen und

---

**Petron, +66 n. Chr., Übers. W. Heinse

94

Gefühle mit dem Intellekt Schritt hielten.

Der Du fühlte sich leicht. Der Du fühlte sich ge-
löst. Der Du fühlte sich schwerelos. Der Du
liebte. Der Du lachte.

XIV.

Wie der Du seine Mutter wiedersah

Als der Du 21 Jahre alt war, erhielt er einen An-
ruf seiner Pflegeeltern, die ihm mitteilten, dass
seine leibliche Mutter einen Schlaganfall erlitten
habe. Er hatte schon sehr lange nichts mehr von
seiner Mutter gehört, obwohl Luisa sie gerne
kennen gelernt hätte. Aber etwas im Du hatte
sich vor einer Begegnung gesperrt. Schämte er
sich seiner Mutter? Immer noch? Was wusste er
von ihr? Woran erinnerte er sich? Eine winzige,
etwas rundliche, weiche Person, raue Hände,
braune Augen, die oft umherzuirren pflegten,
nichts fest im Blick behielten, eine leise, hohe,

oft stockende Stimme, die beim Vorlesen holperte. War das wirklich alles? Nicht einmal ein Foto besaß er von ihr, hatte er sich eingestehen müssen, als Luisa ihn danach fragte. Ute und Dirk hatten Fotos von seiner Einschulung und seinem Abitur. Dort war auf einigen Fotos auch Jessica neben ihm zu sehen, wie sie verlegen in die Kamera blinzelte, ihr Mund mit den leicht schiefen Mausezähnchen zu einem naiven Grinsen gezogen.

Im Krankenhaus wandte sich der Du vor seinem Besuch zunächst an eine Krankenschwester, die ihn wiederum an die Ärzte verwies. Er scheute sich davor, seiner Mutter nach so langer Zeit in der ernüchternden Intimität eines Krankenzimmers zu begegnen, zog es vor, eine diagnostische Grenze zwischen sich und ihr zu ziehen. Die Sprache war nun einmal seine Krücke. Man erklärte ihm, der Schlaganfall seiner Mutter sei auf einen bisher nicht diagnostizierten Herzfehler zurückzuführen, der vermutlich eine Folge ihres Fetalen Alkohol-Syndroms sei. Der Du verstand nicht. Der behandelnde Arzt erläuterte ihm, dass es sich bei Jessicas Schlaganfall seiner Meinung nach um eine Spätfolge eines pränatalen Alkoholschadens handele. Von der Großmutter habe er erfahren, dass Jessicas Mutter während der Schwangerschaft erhebliche Mengen von Alkohol konsumiert habe. Durch solch einen schweren Alkoholmissbrauch würden schwerste Schädigungen, unter anderem auch organische Dysmorphien oder Fehlbildungen an Blutgefäßen hervorgerufen. Allein 30% der Kinder mit einem Alkoholsyndrom litten unter komplexen Herzfehlern. Allerdings seien die diagnostischen Möglichkeiten beim Fetalen Alkoholsyndrom eingeschränkt; vermutlich sei Jessica bereits im Mutterleib, also pränatal, durch die toxische Wirkung des Alkohols irreversibel geschädigt worden. Er habe sich eingehend mit FAS beschäftigt, fügte er nicht ohne einen Anflug von Eitelkeit hinzu und ergänzte,

Alkohol sei ein Zellgift und gerade Embryonen reagierten in der Zeit der Organentwicklung besonders empfindlich auf Alkohol. Auch das zentrale Nervensystem sei davon betroffen. Zwar sei eine so späte Diagnose schwierig, aber der Alkoholmissbrauch der Mutter, die geistige Entwicklungsverzögerung Jessicas, ihre postnatale Wachstumsretardierung, die auffällig kleinen Zähne und die Tatsache, dass sie weder einen Schulabschluss geschafft habe, noch selbstständig leben könne, seien typische Symptome und sprächen dafür, dass sie unter dem so genannten FAS leide. Außerdem habe ihm die Großmutter bestätigt, dass Jessica über keinerlei soziale Kontakte verfüge und in den letzten Jahren unter depressiven Stimmungen gelitten habe. Auch diese Verhaltensauffälligkeiten seien ein mögliches Indiz für eine FAS-Erkrankung. Es gäbe zwar nur wenige Forschungsergebnisse zu den Spätfolgen einer Alkoholembryopathie, er habe sich jedoch selbst mit einer amerikanischen

Langzeitstudie beschäftigt, wonach 17% der Erkrankten von einem Schlaganfall betroffen seien. Auf jeden Fall stehe fest, dass weder die Erkrankung noch ihre Folgen jemals wieder beseitigt werden könnten. Körperliche und geistige Einschränkungen blieben ein Leben lang bestehen.

Der Du verstand immer noch nicht. Sprach der Arzt von seiner Mutter? Natürlich war sie klein…, aber „postnatale Wachstumsretardierung"? Natürlich war sie naiv, leichtgläubig, auch arglos…, aber „geistige Entwicklungsverzögerung"? Das Bild, das der Arzt von seiner Mutter zeichnete, stimmte so gar nicht mit dem Bild überein, das der Du von ihr hatte. Zwar hatte er sie lange nicht mehr gesehen, aber ein Gefühl sagte ihm, dass diese Reduzierung auf ein Krankheitsbild nichts mit der Person zu tun hatte, die ihm vorgelesen, ihn in den Armen gehalten, mit ihm gekuschelt und gekichert hatte – seine Mama eben. Verblüfft und befremdet darüber, dass aus seiner Mutter ein Stück Statistik, eine Aufstellung von Symptomen geworden war, blieb ihm nur noch, nach der Behandlung zu fragen. Seine Mutter bekäme blutverdünnende Medikamente. Eine Herz-OP könne man andenken, wenn sich ihr Zustand stabilisiert habe. Allerdings müsse sie vorher eine Reha-Maßnahme durchlaufen, da Sprachzentrum und Motorik von dem Schlaganfall stark betroffen seien.

Ganz hinten am Fenster erkannte er das kleine Persönchen in dem Dreibett-Zimmer. Man hatte ihr ein Kissen in Rücken und Nacken geschoben, so dass sie ein wenig aufrecht sitzen und Halt finden konnte. Sie erkannte ihn offenbar nicht, als er an ihr Bett trat.

Mühelos war ihm die Liebe zugefallen. Nachtwandlerisch und bedenkenlos hatten sich seine Sinne in der Sprache des Liebens ausdrücken können. Luisa hatte ihn wieder an Zärtlichkeiten und Berührungen erinnert, über die er so lange schützend seinen Kopf gestülpt hatte.

Und so fiel es ihm jetzt auch ganz leicht, seiner Mutter eine Haarsträhne, die ihr ins Gesicht gefallen war, sanft und behutsam hinter ihr Ohr zu streichen. Irgendetwas Unverständliches brabbelte sie, die Augäpfel rollten unkontrolliert hin und her, als schienen sie etwas zu suchen. Ihre Mundwinkel hingen herab. Der Du beugte sich über sie, fühlte sich dabei wie ein tollpatschiger Riese. War sie wirklich so klein? Oder war sie durch den Schlag, den das Leben ihr verpasst hatte, so zusammengefallen? Er sog ihren Duft ein, der noch stark genug war, um der Krankenzimmerluft zu trotzen, und den er sofort als vertraut und beruhigend wahrnahm. Leise, um sie nicht zu erschrecken, und mit geschlossenen Augen flüsterte er ihr ins Ohr: „Ich bin es. Der Du." Ein Mundwinkel zuckte. Lächelte sie?

Von nun an kam der Du, so oft er die Zeit fand, ins Krankenhaus und besuchte seine Mutter. Bei sich trug er immer den „Buchstabenfresser", aus dem er ihr vorlas. Immer häufiger schienen ihre Mundwinkel zu zucken und der Du meinte jedes Mal, ein Lächeln zu erkennen. Einmal brabbelte sie während des Vorlesens aufgeregt etwas in seine Richtung. Er beugte sich über sie, um besser verstehen zu können. „Krrr pffff nn." , krächzte sie angestrengt und noch einmal „Krrr pfff nn". Aber der Du verstand sie nicht.

Epilog

Jessica erlitt wenige Tage danach an einem klaren Septembertag einen zweiten Schlaganfall. Sie starb am darauffolgenden Tag im Alter von nur 39 Jahren. Ihre Oma starb noch im selben Jahr. Der Du schrieb im Jahr darauf seine Masterarbeit in Linguistik über das Thema „Pronominale Anredesysteme im sprachhistorischen Vergleich ausgewählter romanischer und germanischer

Sprachen." Ute und Dirk unterstützten ihren Pflegesohn weiterhin tatkräftig. Einmal wöchentlich aßen der Du und Luisa eine große Portion Eierravioli mit viel Parmesan. Ihr gemeinsamer Freund Marcel war bei diesen Mahlzeiten ein willkommener Gast.